M. BARBEY-D'AURÉVILLY

RÉPONSE A SES RÉQUISITOIRES

CONTRE

LES BAS-BLEUS

CONFÉRENCE DU 11 AVRIL

PAR

Mme Olympe AUDOUARD

PARIS
E. DENTU, ÉDITEUR
LIBRAIRE DE LA SOCIÉTÉ DES GENS DE LETTRES
PALAIS-ROYAL, 17 ET 19, GALERIE D'ORLÉANS

1870

M. BARBEY-D'AURÉVILLY

M. Barbey-d'Aurévilly est une des individualités parisiennes les plus accentuées, un vrai type ; ne fût-ce donc qu'à ce point de vue, il mérite d'être étudié, car les types deviennent de plus en plus rares aujourd'hui.

C'est une vigoureuse nature d'écrivain, son esprit est vif, prime-sautier, son style énergique, coloré, fantaisiste ; il empoigne le lecteur par la phrase, sinon par l'idée.

L'emphase et la prétention sont les écueils de ces natures-là !

Dans ses articles de critique, il est souvent violent, âpre, excessif, mais le fiel est bien plus au bout de sa plume qu'au fond de son esprit. Quand il se fâche, il amoncèle adjectif sur adjectif, et rarement il va au delà.

Bien né, homme du meilleur monde, il en a le langage

et le ton, quand il ne s'occupe pas de ce qu'il exècre le plus au monde, je veux dire d'un bas-bleu, — oh ! le bas-bleu le fait bondir, la haine qu'il lui porte est irréconciliable, c'est un sujet qui le grise, qui lui monte à la tête et lui fait perdre toute mesure. Dans cette ivresse, les phrases viennent comme elles peuvent, souvent grossières, quelquefois contradictoires, et elles manquent leur effet par leur exagération même. Si son talent de critique et d'auteur ne l'avait déjà rendu célèbre, la haine qu'il a vouée aux bas-bleus suffirait pour le sauver de l'oubli.

Mais il n'y a pas que les bas-bleus qu'il déteste ; ses antipathies s'étendent plus loin, et, pour nous consoler, nous pouvons nous dire qu'il nous met en assez bonne compagnie.

La philosophie moderne, les idées libérales sont pour lui des inspirations de l'enfer : elles poussent la société vers sa ruine, et la précipitent dans un abîme.

En politique, il est de l'école de Joseph de Maistre, qui disait que le gouvernement des peuples repose sur des principes immuables et de droit divin, dont la garde appartient à l'Église. Que tout doit être fait par les nobles et pour les nobles, et que *les autres* n'avaient qu'à s'occuper de botanique, pour ne pas se mêler de ce qui est hors de leur compétence.

Le mot de *manant* papillonne sur les lèvres de notre ennemi, celui de citoyen le met hors de lui, et je suis sûre qu'un des grands chagrins de sa vie est de n'avoir pas inventé la phrase célèbre de *vile multitude*.

Dans ses critiques, ce qu'il attaque le plus, ce n'est pas l'auteur ou l'artiste, c'est la démocratie même, qu'il a en horreur et qu'il accable de son mépris. Comme preuve, je citerai le jugement qu'il porte, dans un de ses articles, sur une femme, Mme Bordas, qui a eu le malheur de lui déplaire. Je ne connais pas cette dame-là, mais je ne crois pas qu'elle ait pu mériter cette kyrielle d'injures, et je soupçonne plutôt qu'elle paye pour la démocratie, que l'auteur prend plaisir à fustiger sur ses épaules.

« L'histoire d'aujourd'hui, — qui ne sera peut-être pas celle de demain non plus, — c'est Mme Bordas ! la fameuse Mme Bordas ! le champignon poussé tout à coup, en un soir, dans ce fumier des cafés chantants, où viennent de pareilles denrées ! Mme Bordas est presque, en ce moment, un événement politique... Les parias sont nés, disent les Indiens, des pieds divins de Brahma. Mme Bordas, qui joue la paria sociale, est née des pieds odorants de ces réunions politiques où suaient Budaille et Peyrouton. Elle chante comme ils parlaient. Quelle *gaillarde !* sans calembour. Je l'ai vue dimanche au Châtelet, cette curiosité nouvelle... Après ces deux adorables artistes anglais, qui chantent si moelleusement à l'œil, avec leur corps tout entier, des poésies physiques si charmantes, je l'ai entendue, elle, la femme du cri et de l'effort et du pointu en toute chose... car Mme Bordas, c'est un ensemble d'angles, de triangles et de rectangles, — tout un système de géométrie convulsive...

« Ah ! ce n'est pas la *forte femme aux puissantes mamelles* de feu Barbier. (Feu, puisqu'il est à l'Académie !) Des mamelles, elle en a comme l'Envie dans les tableaux mythologiques ; mais en revanche, elle a des clavicules qui ressemblent à des éperons, — et des salières à mettre, j'en réponds, tout le sel de la sagesse! Grande et maigre, comme une louve affamée, la figure durement carrée, elle s'avance, ses coudes aigus en saillie, comme si elle allait jouer des cornes, et elle chante avec une voix qui semble en être une, tant elle vous perce le tympan ! Voix criarde, — qu'on m'avait dit puissante, — d'une stridence d'acier qui s'ébrécherait sur de l'acier. Alors, les nerfs de son cou de milan déplumé se gonflent et se tordent, et ses bras qui semblent très-longs, elle les replie anguleusement vers sa poitrine, comme si elle voulait arracher avec ses ongles le sein qu'elle n'a pas !

« Non, non ! Ce n'est plus là la Liberté de Barbier ! C'est la Meurt-de-Faim qui veut manger les autres, l'Ogresse sociale avant la bombance, c'est la Canaille, enfin, qu'elle chante... De physique, elle n'est pas mal tout cela... Avec ses longs cheveux, d'un blond sale sur le dos, ses cheveux en queue de cheval (encore si c'était la queue du terrible cheval qui déchira Brunehaut, mais ce n'est que celle de la haridelle du haquet populaire), avec son long corps, long comme *un jour sans pain*, avec ses gestes épileptiquement saccadés et sa manière bestiale de marcher, — un *cancan* tragique ! — elle exprime, — d'organisme naturel — la Canaille, et si elle s'était hâlé les bras et campé bravement sur les vertèbres de son échine les haillons de la misère qu'il y fallait, peut-être aurait-elle fait jaillir, dans les âmes bêtes plus hautes que les âmes bêtes de la foule, un peu de cette brutale et basse poésie qu'elle veut exprimer ; mais la chanteuse de café n'est pas une artiste : elle n'a donc pas un homme d'imagination qui la conseille! O sottise et vanité! Elle avait une robe de velours noir à traîne et une torsade d'or, cette pauvre diablesse, qui veut faire la Canaille et qui manque son coup, par amour du chiffon! La canaille en robe de velours noir et en torsade d'or, quand on ne fait pas la canaille des salons, où il y en a une aussi... mais celle des tapis-francs, du ruisseau et de la barricade! C'est pis qu'insensé, c'est imbécile!.. et cela seul me ferait dire que le sens de l'artiste manque à Mme Bordas!

« Et ce n'est pourtant pas rien que cette femme quand on y réfléchit! Rien, c'est la donzelle aux bras rouges, à la tête de verseuse de bière, aux yeux de plomb, que j'avais entendue chanter la veille, aux Menus-Plaisirs, sa chanson populacière d'une voix qui ne manquait pas d'étoffe, mais où la vie ne palpitait pas plus que dans la poitrine d'où cette voix sortait! Mme Bordas n'est pas cette belle brute.

« Mme Bordas, avec tous ses accrochements, raccrochements et arrachements de geste, au milieu de toutes ces ignobilités qu'il faudrait racheter à force de force, à force d'inspiration vraie et non pas de grimaces, de recherches et de parti pris, Mme Bordas a en elle, quelque part, je ne sais quoi, — un atome, si vous voulez, une molécule, — mais un atome de feu, une molécule ignée, qui pourrait, si on savait souffler intelligemment dessus, devenir une grande flamme! Mme Bordas a certainement en elle une monade d'énergie, un indiscutable ganglion de puissance intrinsèque, mais elle n'en tire que des contorsions qui sont la grimace de la force, des contorsions de folle échevelée et hagarde, criant aux barreaux de sa cage, au lieu d'en tirer les effets qu'on pouvait espérer si elle avait été réellement la Malibran ou la Pasta de la Canaille ! Ignoble ! On la disait ignoble autour de moi, mais moi je n'avais pas ce bégueulisme de la trouver ignoble dans son énergie, qui n'est celle ni de Jeanne-d'Arc, ni de Roland, et même je l'aurais voulue plus ignoble, mais d'une ignobilité qui aurait eu son grandiose d'abjection et son idéalité renversée. J'aurais voulu qu'elle eût montré dans son jeu, comme dans sa voix, l'orgueil ivre et retourné de la Bassesse, mise debout, le faste superbe de la fange quand on s'y roule et quand on s'en fait un manteau ! J'aurais voulu enfin qu'elle eût exprimé le type complet de la Truandaille moderne qui sera le communisme de demain, et au lieu de cela, cette chanteuse de café n'a été qu'une faubourienne, convulsée par l'absinthe. Elle pue le faubourg de Paris, qui n'est en somme qu'une canaille très-spéciale dans la grande canaille de l'humanité. »

Je n'ai pas entendu cette dame ainsi maltraitée, mais la politique est au fond de cet article.

En fait de sentiments religieux, M. Barbey-d'Aurévilly se vante d'être de la religion de l'intolérance. Dans ses *Prophètes du passé*, voilà ce qu'il dit en toutes lettres :

« Si, au lieu de brûler les écrits de Luther, dont les cendres retombent comme une semence, on avait brûlé Luther lui-même, le monde était sauvé pour un siècle au moins. » Ailleurs, il ajoute : « Nos pères ont été sages d'égorger les Huguenots, mais ils ont été bien imprudents de ne pas brûler Luther. »

Pauvres bas-bleus, tremblez ; si jamais un pape infaillible nous ramenait à la sainte inquisition, vous pouvez être sûres que M. Barbey-d'Aurévilly en sera, et qu'il ne manquera pas de faire brûler sur un bûcher toutes les femmes qui auront commis le crime irrémissible d'avoir trempé leurs doigts roses dans de l'encre!

Les livres de M. Barbey exhalent un petit parfum de soufre qui pénètre et étonne dans ce siècle d'indifférence en tout, et surtout en matières religieuses.

Son *prêtre marié* en est la plus naïve expression.

Il a écrit quelque part : « Chrétien jusqu'en 1861, depuis je suis catholique, fervent catholique, par la grâce de Dieu. » Oui, en effet, vous êtes bien plus catholique que chrétien, car il vous manque complétement cette charité évangélique, que notre Maître à tous a enseignée et pratiquée à la fois.

J'admets, cependant, la dévotion de M. Barbey-d'Aurévilly : un aussi fervent champion de l'autel et du droit divin doit être dévôt, car que serait-il sans cela ? Mais alors, comment concilier cette piété, cette dévotion, avec les dévergondages d'une imagination qu'on croirait nourrie dans les bas fonds d'une société en décadence. Immoralité, fantaisies voluptueuses, amours insensées, matérialisme et trivialité, rien n'y manque, c'est *shoking* pour ceux qui ne connaissent pas M. Barbey-d'Aurévilly et inexplicable pour ceux qui le connaissent !

On dirait qu'il y a un combat intérieur, une lutte incessante entre cette âme appartenant à Dieu, et cette folle du logis qui n'accepte aucun frein.

Mais le compromis est bientôt fait, et pour mettre d'accord le spirituel avec le temporel, Tartufe apparaît et dit : « Si je dépeins la volupté avec tant d'entrain et de feu, ce n'est que pour en éloigner les âmes chastes. »

Comme les femmes sont curieuses, je me demandais bien des fois quel pouvait être l'idéal de M. Barbey-d'Aurévilly, car tout auteur a un idéal. J'ai lu tous ses ouvrages qui sont bien difficiles à trouver (ce qui prouve qu'ils ont été goûtés et appréciés); dans la plupart, la femme n'apparaît que comme un accessoire inutile, mais dans *la Dernière Maîtresse*, l'idéal semble enfin se révéler; Vellini, l'héroïne, est le personnage important; c'est un type créé par l'auteur, ou copie si l'on veut, mais peu importe, c'est un type qui lui appartient.

Analyser ce livre en public est presque impossible ; on m'accuserait d'aborder des sujets inabordables; je me contenterai de vous lire le portrait que fait l'auteur de son héroïne :

« Elle a des mouvements qui ressemblent aux inflexions des membres de mollusques, son œil noir est plus épais que le bitume, ses sourcils presque baissés dansent sur ses yeux une danse formidable. »

Après quoi il la compare à la mauricaude des Riviers, et il l'appelle vieille aigle plumée par la vie, louve amaigrie.

Comme virginité, il pose sur son front une épaisse couche de vapeur qui rappelle les miasmes d'un lac remué par une foudre éteinte.

Comme vous voyez, elle n'est pas précisément belle, cette femme qui inspire des passions et des désirs inextinguibles, mais a-t-elle au moins les qualités de cœur qui rachètent ses bizarreries? est-elle accessible à cet amour grand d'abnégation et de dévouement qui excuse bien des folies?

Non, pas du tout, c'est bien comme l'auteur l'appelle une *lionne assoiffée* (sic) d'amour, une femme aux instincts grossiers de la bête.

Et c'est après nous avoir dépeint un type comme celui-là qu'on ose nous dire : « Voilà une femme, une vraie femme ! » Il est encore un autre type de femme que M. Barbey-d'Aurévilly affectionne aussi, c'est la dévote.

Dans le compte rendu qu'il faisait du livre de M. Aubryet, *les Patriciennes de l'amour*, après avoir rendu hommage aux sentiments élevés qui ont dicté l'ouvrage et à sa valeur, il adresse ce petit reproche à l'auteur :

« Parmi ces types purs, charmants, que vous avez dépeints comme pour prouver au diable qu'il y a des sirènes sans écueil, du devoir bien plus séduisant que toutes les sirènes à écueils, et qu'il y a enfin des diableries plus fortes que les siennes et qui sont celles de l'innocence, de la vertu et du dévouement.

« Parmi ces types, vous avez oublié la sainteté; j'aurais voulu y voir la sainte aussi. Mais elle n'y est pas. Quel dommage ! Toutes ces femmes dont vous parlez sont des êtres ravissants, mais humains, mais mondains, chrétiennement, oui, mais seulement comme des âmes bien faites.

« Ce sont des cœurs vierges prêts à la tendresse ou des

cœurs épris prêts au sacrifice ; ce sont d'adorables jeunes filles, d'adorables femmes mariées, mais la chrétienne dans le sens rigoureux, et, disons le mot, à scandale, la dévote, la pieuse, la sainte enfin n'y est pas... Parmi les patriciennes de l'amour humain, la patricienne de l'amour divin, la dévote qui ne céderait pas à Valmont, mais qui au contraire le convertirait. »

La dévote qui convertirait, voilà l'*âme* qui parle en M. Barbey-d'Aurévilly. Mais je gage que son *imagination* dirait... « convertir une dévote de l'amour divin à l'amour humain serait cependant d'une bien plus douce volupté. »

Les contradictions produites dans l'esprit de M. Barbey-d'Aurévilly par ces deux courants d'opinion font des ouvrages de cet écrivain un mélange de sacré et de profane, d'amour divin et de matérialisme, qui ne manque pas d'un certain piquant, mais qui, s'il faut en croire le curé de ma paroisse, est d'une morale fort peu orthodoxe.

Tranchons le mot : M. Barbey-d'Aurévilly est franchement rétrograde, il tient au moyen âge par ses idées politiques et religieuses ; je regrette seulement qu'il n'ait pas envers les femmes l'aimable courtoisie qui caractérisait les hommes de cette époque. En ce temps-là, il y avait aussi des bas-bleus... et personne ne trouvait mauvais que les belles-lettres fussent du domaine féminin. Les femmes tenaient cour d'amour et de gaie science ; c'est à elles qu'on soumettait les différends où l'honneur et la poésie étaient en jeu, et leur jugement était sans appel. Leur influence exerça sur les mœurs un effet salutaire, et c'est à elles que nous devons cette galanterie et cette délicatesse qui font honneur au nom français. L'histoire constate que c'est Constance, femme du roi Robert et fille de Guillaume, comte de Provence, qui introduisit les belles manières à la cour de France, en l'an mille. Plus d'une de celles qui tremperaient peut-être aujourd'hui leurs doigts roses dans de simples encriers, n'en étaient pas moins séduisantes pour cela, s'il faut en croire les chroniqueurs et les historiens; et tout en mettant au monde des citoyens, elles savaient faire de leurs fils de preux chevaliers. Je doute fort que les réquisitoires de M. d'Aurévilly eussent été bien reçus par les hommes de ces temps-là.

Voici quelques-unes des phrases que ce preux des temps modernes consacre aux femmes d'aujourd'hui :

« La femme bas-bleu est une virago de l'intelligence, chez laquelle l'hypertrophie cérébrale déforme le sexe et produit la monstruosité. »

« Ces dames m'obsèdent, m'excèdent et ne me possèdent pas. »

Mme Sand, notre grande et illustre Mme Sand, ne trouve même pas grâce auprès de lui. Dans la critique de l'*Autre*, il dit : « Mme Sand, ce grand préjugé ! »

J'ai en vain cherché le sens de ce mot à effet. La vérité a des accents plus simples, et il serait à désirer que tous les préjugés eussent la même valeur. Plus loin, il dit : « la presse s'est enfin montrée énergique contre ce préjugé, je l'en félicite, elle est enfin sortie de l'orbe du jupon, du jupon fascinateur que cette femme a mis comme une cloche à cornichons sur les pauvres têtes de son siècle. »

Et il ajoute :

« Mme Sand, la romancière, en fournissant depuis plus de trente ans avec ses romans la moralité publique, a préparé le succès de l'*Autre*, où le talent du reste n'est pour rien ; la pièce est mortellement infestée de métaphysique, d'axiomes obscurs, ou incertains, nettement ineptes, sentant l'odeur fadasse du poêle du vieux Kotzebue, et encore, l'*Autre* ne vaut pas par l'émotion et les larmes bêtes qui de toutes paupières ne demandent qu'à couler, misanthropie et repentir ! S'il n'y avait eu dans la salle l'immoralité générale et sentimentale qui ne sait plus où se prendre à présent sur les premières et grandes questions, mariage et paternité. »

Il continue :

« Mme Sand, qui semblait avec ses *champs* et autres bucoliques avoir contracté je ne sais quelle innocence, reprend tout à coup son antique perversité; la tâche d'Indiana reparaît, le vieux palimpseste de l'adultère qu'on croyait effacé redevient visible. De fait, malgré les formes hypocritement bénignes et berquines de son drame, qui tout d'abord n'a l'air que niais, jamais l'adultère dans aucun de ses livres n'avait paru aussi impudent et odieux, et disons le mot, quoi qu'il en coûte, aussi dégoûtant que dans son drame de l'*Autre*. »

Je suis tentée de croire que ces mots mal sonnants ne coûtent pas autant à M. d'Aurévilly, qu'il semble le dire.

Car il continue ainsi :

« Ah! Mme Sand a beaucoup marché depuis son âge mûr, par ce temps où s'appellent des abîmes qui sont des cloaques. »

« Mme Sand, je l'ai connue lavant, non pas sans poésie, avec ses belles mains qui avaient encore des places pures, des assiettes à fleurs, chez J.-J. Rousseau ; mais elle a quitté Rousseau pour Chaussier, et ce n'est plus à présent que les plus horribles pots du matérialisme qu'elle torchonne dans l'immoralité. »

Cela continue ainsi, dans ce style que vous voyez, six colonnes durant.. Certes, ces articles-là ne tromperont personne; mais je ferai observer à M. Barbey-d'Aurévilly, que la haine corse qu'il paraît avoir vouée à un des grands écrivains de la France donne une mauvaise opinion de son sentiment littéraire. Ce n'est pas impunément qu'on écrit de pareilles choses sur une femme comme Mme Sand, et un homme du monde comme M. Barbey-d'Aurévilly aurait dû le comprendre.

Certes, ni la personnalité de Mme Sand, ni son immense talent ne sauraient être atteints par des attaques aussi injustes que peu courtoises, et je sais qu'il serait presque ridicule de ma part de vouloir y répondre. Mais comme femme, j'ai bien le droit de protester contre ce reproche d'immoralité que lui adresse notre critique en démence. Non, le drame de l'*Autre* n'est pas immoral, je dirai plus, et ici c'est ma conscience qui parle, dans cette œuvre, Mme Sand s'est élevée à la plus haute, à la plus pure des morales, la morale chrétienne et divine. Non, son drame n'est pas une glorification de l'adultère, comme on a traîtreusement voulu l'insinuer : c'est son expiation terrible et effrayante.

Le crime a été commis, mais les coupables ne sont pas justifiés. L'épouse parjure meurt de honte et de remords.

Que désirez-vous de plus M. d'Aurévilly? Qu'elle soit damnée dans l'autre monde?

Mais alors votre Dieu n'est plus le nôtre : celui des chrétiens, un Dieu de pardon et de miséricorde.

Le complice de la femme, le docteur Maxwell, expie aussi son crime pendant vingt ans, et de plus il se repent. Un homme qui se repent pour avoir commis un crime de ce genre, n'est-ce pas là une œuvre de haute moralité, l'inspiration d'un grand cœur et d'un grand esprit!

Les hommes ont-ils souvent des remords pour ces choses-là... l'opinion publique et la loi les absolvent de ce méfait, à quoi servirait le repentir?

Dans le drame de Mme Sand les choses se passent autrement que dans la vie réelle, j'en conviens, l'homme se repent et expie sa faute, est-ce cela qui froisse la susceptibilité de M. d'Aurévilly.

Maxwell est séparé de sa fille tant qu'il la voit heureuse; mais lorsqu'il apprend la mort de son père d'après la loi, lorsqu'il voit que la vieille grand'mère à qui la jeune fille a été confiée est à la veille de mourir, il dévoile le mystère et vient offrir son dévouement et son affection. Sa fille le repousse, le maudit et il est forcé d'implorer son pardon... Un père réduit à rougir devant son enfant, n'est-ce pas là un châtiment terrible, le plus terrible de tous ?

Mais, me dira-t-on, la grand'mère, la mère de celui qu'il a déshonoré, lui pardonne...

Oui, elle se trouve sur le seuil de l'éternité, et qui sait si, dans ce moment solennel, on ne juge pas les choses de la terre d'une autre façon que nous. — Cet homme lui dit : « J'étais jeune, mon cœur m'a entraîné, mais j'ai expié mon crime, j'ai offert ma vie à votre fils, tout en respectant la sienne ; puis, pendant vingt ans, j'ai vécu dans la douleur, dans les remords... Cette femme, cette sainte, au moment de paraître devant Dieu, se souvient qu'il est un Dieu de miséricorde, et elle pardonne...

Où voyez-vous là une glorification de l'adultère ?

Les pièces dangereuses, malsaines, sont celles où l'adultère est représenté entouré d'un certain prestige ; où la femme n'est pas une coupable, mais une victime d'un mari qu'elle ne pouvait aimer ; où, enfin, tout le monde jouit de l'impunité et d'un bonheur sans mélange.

Voilà, à mon avis, ce qui est immoral, dangereux, car ce sont ces doctrines-là qui se complaisent à peindre les maris ridicules et les amants séduisants, qui poussent à l'adultère et aux amours illégitimes.

Plaider les circonstances atténuantes, voilà où est le mal, tandis que montrer, comme l'a fait Mme Sand, les conséquences fatales d'une faute, c'est faire une œuvre de haute moralité...

J'irai plus loin, et je dirai que toute femme qui verra jouer ce drame, si elle est à la veille de faillir, y pensera à deux fois, et peut-être même se décidera-t-elle à rester dans le droit chemin. Tenons-nous-en donc à ce qu'a dit La Bruyère : « Lorsqu'un écrit vous inspire des sentiments nobles et élevés ne prenez pas d'autres règles pour juger l'ouvrage, il est bon et fait de main d'ouvrier. »

Eh bien ce drame est bon, car il inspire des pensées salutaires, et si l'on n'en rapportait que cette simple réflexion que « le bonheur criminel se paye souvent par de longues années de honte et de remords », on devrait lui en être reconnaissant.

Quand on a fait la *Vieille Maîtresse* on devrait être *plus indulgent*.

Mais si Mme Sand est jugée avec une partialité qui touche de près à l'injure, il est un bas-bleu qui trouve grâce devant M. Barbey-d'Aurévilly, c'est Mme de Staël. — Lorsqu'il parle de cette femme célèbre, il reste homme du monde, son style s'adoucit, sa phrase a des chatteries charmantes.

D'abord elle n'a pas joué à l'homme, dit-il, ce qui est parfaitement inexact ; ensuite il ajoute : « elle est femme, bien femme, elle a une taille de femme, des épaules de femme, des lèvres amoureusement moulées. »

« De plus elle a été une faible femme qui est morte de sa faiblesse ». Voilà une phrase qui vaudrait à M. d'Aurévilly une réplique véhémente si Mme de Staël pouvait parler. Mais ce qui lui vaut la tendresse de M. d'Aurévilly, ne nous y trompons pas, c'est qu'elle était chrétienne !

« La femme, dit-il, pour être plus femme chez Mme de Staël, était chrétienne, protestante de naissance, elle était catholique de cœur, d'âme et d'imagination, elle a senti monter en elle les flammes d'or du sentiment religieux. »

Elle était catholique! toute la question est là. Soyez catholique et vous aurez du génie, fussiez-vous même une faible femme! Lorsqu'il parle de Mme Sand, M. d'Aurévilly nous dit : « Nous sommes en pleine décadence; ce qui le prouve, c'est qu'il y a des hommes assez lâches pour reconnaître du génie à Mme Sand, *comme si une femme pouvait avoir du génie!* du talent peut-être, et encore ! »

Eh bien, dès qu'il s'agit de la catholique Mme de Staël, le même critique nous certifie que c'était un « *génie femme* », et il ajoute: « elle a la force irrésistible de l'émotion, et l'expression sans laquelle il n'y a point de grands artistes, elle a l'aperçu ingénieux et profond qui tient à cette finesse dont on peut dire : *ton nom est femme.* »

Prenons bonne note de cet aveu ; il y a donc un génie féminin, puisque M. d'Aurévilly l'affirme et en détaille les facultés. Quel est donc le critérium qu'il applique à ces deux femmes également grandes pour les gens impartiaux. Je n'hésite pas à le dire, c'est ce sentiment des temps anciens qu'on appelle l'intolérance. Cela me fait penser à l'histoire de Galilée en présence de ses juges : La terre tourne, disait-il; non, répondaient les critiques d'alors, c'est le soleil qui tourne, la terre est immobile. Mais... objectait Galilée... Taisez-vous, disaient les prélats, votre dire est impie, car il réduit à néant le passage des livres saints qui affirme que Josué arrêta le soleil.

Ce fut en vain que Galilée essaya de convaincre son auditoire; ils fermaient les yeux pour ne pas voir et se bouchaient les oreilles pour ne pas entendre.

Vieux, affaibli, Galilée préféra se rétracter, mais la terre n'en tourna pas moins, au grand scandale de la sainte inquisition. Si Mme Sand, philosophe, voulant suivre les traces de M. d'Aurévilly, s'avisait un jour d'écrire, elle aussi : « chrétienne jusqu'à l'an de grâce 1870, aujourd'hui je suis catholique. » Dès ce jour, M. Barbey-d'Aurévilly reconnaîtrait son génie, qui certes est aussi incontestable que le mouvement de rotation de la terre. Que dire maintenant de la sévérité de ce fougueux critique pour les femmes-auteurs, qui ne sont ni philosophes comme Mme Sand, ni catholiques comme Mme de Staël, mais qui ont tout simplement de la bonne volonté et de l'honnêteté littéraire.

Voilà ce qu' à propos des bas-bleus du XIXe siècle, M. Barbey-d'Aurévilly trouve à dire : « Les insolences féminines de ces temps-ci, qui se croient des forces, et qui se mettent des talons à leur amour-propre, comme elles en mettent à leurs bottines, veulent se jucher jusqu'au front des hommes et les égaler en hauteur. »

Autre part il ajoute :

« Aujourd'hui les femmes qui se mêlent d'écrire se donnent des airs d'homme, si prodigieusement ridicules que c'est à nous faire prendre les jupons à nous autres pour ne pas leur ressembler. »

Nous donner des airs d'homme! nous y perdrions trop pour y songer. Vouloir vous ressembler? oh non, par exemple!

Copier ce style, correct si l'on veut, mais manquant à coup sûr de tact, de mesure et de bon goût, quelle est la femme qui y songe? pas une seule, croyez-le bien. Certes, j'en conviens, une femme *hommasse*, c'est aussi laid qu'un homme efféminé. Chacun doit rester dans le rôle que la nature lui a assigné.

Mais, quant à prétendre que les femmes qui prennent la plume sortent de leur sexe et n'aspirent qu'à s'élever à la hauteur des hommes, vous êtes dans l'erreur. Nous ne songeons ni à changer de sexe ni à égaler les hommes en hauteur; nous nous contentons de les dépasser en modestie.

A qui la faute, si les hommes ont la prétention de se réserver exclusivement toutes les choses de l'esprit?

La littérature, ne vous en déplaise, n'est pas plus un art masculin qu'elle n'est un art féminin; c'est un champ ouvert à toutes les intelligences, et les places y sont occupées par les plus méritants.

L'intelligence féminine est égale, mais non pareille, à l'intelligence masculine, et elles ont chacune leurs qualités propres: pourquoi ne se compléteraient-elles pas l'une par l'autre!

Il existe un génie masculin.

Il existe un génie féminin.

Avoir du génie, ce n'est donc pas avoir un cerveau d'homme ; le génie peut se placer aussi dans un cerveau de femme.

L'esprit féminin se distingue par le tact, le sens droit, par la finesse d'aperçu, la vivacité d'impression, par la sensation et l'instantanéité.

Le style féminin a plus de finesse, de touché, plus de délicatesse, plus de chatterie que celui de l'homme. En revanche, l'esprit masculin a plus de profondeur et de persistance.

Le style masculin est plus correct et mieux ordonné.

Mais c'est précisément parce que ces deux génies diffèrent entre eux que l'on doit en induire qu'ils ont l'un et l'autre, leur place marquée dans la nature, et qu'il serait de mauvaise économie humaine de vouloir en étouffer un au profit de l'autre, car ce serait se priver d'une valeur dont on ne peut contester l'importance.

Peut-on nier le génie féminin par la seule raison que, jusqu'à ce jour, la femme de génie n'a existé qu'à l'état de rare exception?

Non.

On ne naît pas homme de génie, on ne naît pas savant, on naît seulement apte à le devenir; l'intelligence humaine a besoin de culture, il faut jeter la semence pour qu'elle produise.

Pour s'instruire, pour apprendre, l'homme n'a qu'à se laisser aller, ses parents, ses professeurs, son ambition, tout le pousse à se débarrasser de son ignorance.

Tout homme appartenant à la classe aisée peut apprendre ce qu'il veut.

Toutes les branches des connaissances humaines sont mises à sa portée.

S'il reste un ignorant, s'il n'arrive qu'à la médiocrité, c'est que vraiment il n'avait aucun genre de génie en lui.

Mais pour la femme, il n'en est certes pas ainsi ; tout conspire contre elle : la maintenir dans l'ignorance est le système d'éducation le plus répandu.

Que fait-on pour son instruction ? rien ; on ne songe qu'à étouffer en elle non-seulement ses facultés intellectuelles, mais encore son jugement. Raisonner, réfléchir, lui est interdit, il faut qu'elle adopte les idées toutes faites, fausses ou vraies. On ne lui demande pas de les comprendre, on lui demande de les retenir par cœur, et de n'en jamais changer.

Dans une éducation semblable, où est l'aliment de l'intelligence ?

La mémoire suffit : aussi je ne saurais mieux comparer ce système qu'à celui que pratiquent les éleveurs de perroquets.

A force de répéter les mêmes mots et les mêmes phrases, on endort si bien les idées, qu'elles ne se réveillent plus jamais.

Dites-moi franchement, messieurs, ne croyez-vous pas que si nos savants, nos hommes de génie, nos grands littérateurs, avaient été élevés de la sorte, ils seraient restés de simples médiocrités, et ne seraient jamais arrivés à ces hauteurs dont vous êtes si fiers ?

Pour que la femme devienne intelligente dans le milieu où on l'a enchaînée, il faut que cette intelligence soit d'une trempe exceptionnelle, car, dans cet ordre d'idées, la femme ne peut compter sur personne, il faut qu'elle brise ses entraves elle-même.

Elle a à lutter contre les préjugés, et l'on sait ce que ce mot veut dire, lorsqu'il a la force pour lui. Pour une femme, c'est déjà une preuve de génie de vouloir sortir de son ignorance ; mais quand cette idée a germé, quelle pénible carrière lui reste encore à parcourir : il faut qu'elle ait le courage de braver l'opinion pour s'instruire toute seule, et qu'elle dérobe la science comme un voleur dérobe le bien d'autrui, car personne ne lui tendra la main dans une œuvre qui a contre elle les préjugés les plus enracinés. Mme Sand, pour devenir le grand écrivain que nous connaissons, a dû refaire, j'en suis certaine, et cela courageusement et laborieusement, sa première éducation littéraire. — C'est parce qu'elle y a trop bien réussi, qu'elle déplaît tant à M. Barbey-d'Aurévilly.

Les hommes, de sept à dix-huit ans, apprennent à connaître les diverses branches des connaissances humaines.

Les femmes perdent ces mêmes années à végéter dans des horizons bornés. On leur inculque des idées fausses, des aperçus mesquins. Le moyen qu'elles deviennent quelque chose !

Dans ce moment, malgré tous les préjugés contraires, l'esprit féminin se réveille, la femme commence à comprendre l'insuffisance de son éducation, elle désire en sortir, ayant dans sa nature, plus que l'homme encore, l'instinct de ce qui est élevé. Elle réagit contre l'abaissement de son niveau intellectuel, et aspire à sa part d'influence. Quelques-unes prennent la plume et s'adonnent aux belles-lettres, elles sentent que le génie est en elles; mais au lieu d'être guidées et conseillées, elles ne trouvent que railleries et persifflage. J'affirme cependant que si les hommes étaient sages, s'ils avaient réellement en eux cette supériorité dont ils se vantent, au lieu de se servir de l'arme usée du ridicule, ils aideraient loyalement le sexe faible à s'affranchir des liens qu'ils font peser sur lui, ils proclameraient eux-mêmes l'égalité de l'âme humaine et mettraient leur savoir au service de la femme, avec bonne foi et courtoisie : ce qui, en émancipant la femme, la rendrait digne de cette émancipation.

Vouloir étouffer le réveil des idées, les aspirations vers la liberté, qui agitent les femmes dans tous les pays du monde, est une illusion et une imprudence. Toute race asservie qui comprend qu'elle est esclave, du moment où elle peut discuter ses droits, est à moitié libre : et il ne sert à rien de lui marchander son émancipation totale, car l'esclavage n'est basé que sur l'ignorance des classes asservies.

Mieux vaudrait donc suivre le courant que le contrarier, surtout quand la rénovation sociale est au bout.

Comment les hommes ne comprennent-ils pas que le

génie féminin viendra compléter leur action et non rivaliser avec elle.

Aujourd'hui, en littérature, la femme reste inférieure à l'homme, car il lui manque l'instruction première. L'étude du grec, du latin est indispensable à tout homme qui écrit, et la femme, sauf de rares exceptions, n'en sait pas le premier mot.

Elle ne connaît qu'imparfaitement les auteurs classiques, et le livre de la science lui est complétement fermé. Elle n'a que ce que donne la nature : l'esprit, la pensée, l'inspiration, le mouvement. — Il lui manque ce qui s'acquiert par l'étude.

La littérature féminine est encore à l'état d'embryon : quelques romans, des mémoires et des voyages, on n'ose pas sortir de là : c'est le bégayement du génie féminin, on ne peut juger encore quelle sera sa valeur.

Si l'égalité devant l'instruction était proclamée de droit commun, il suffirait d'une ou de deux générations pour se faire une idée juste de l'intellect féminin.

Ce qu'il sera, je n'en sais rien, mais en tout cas, ce sera une valeur de plus qui apportera son contingent au développement des connaissances humaines.

Certaines personnes disent qu'il serait dangereux d'élever le niveau intellectuel de la femme. Je me demande pourquoi ; et ce qui m'étonne, c'est que les mêmes hommes qui veulent moraliser les masses en les instruisant, changent de langage dès qu'on leur demande d'appliquer le même principe à notre sexe. Comment l'instruction qui a, en général, un résultat moralisateur, pourrait-elle être dangereuse pour nous ?

D'autres disent :

La femme n'ayant pour mission que de mettre des citoyens au monde n'a pas besoin d'être instruite.

Ces gens-là se trompent, car, à côté de la mission de procréation, la femme a une mission encore plus élevée, plus noble et pour le moins aussi utile que la première, c'est celle d'éveiller l'âme de son enfant, de lui inculquer les grands principes de la morale et de l'honneur, d'étouffer les mauvais germes qu'elle aperçoit en lui, d'en faire enfin un homme de bien et un homme d'honneur.

Cette mission demande autant d'intelligence que de tact et de sagacité ; elle exige, pour être bien remplie, une profonde connaissance du monde, de ses lois morales, comme aussi de ses lois de convention.

Puisque c'est à la femme que cette mission délicate est confiée, n'est-il pas indispensable d'élever son niveau intellectuel ?

Quelqu'un a dit, un jour, cédant sans doute au désir de faire une phrase que « la carrière littéraire est incompatible avec les devoirs d'épouse et de mère. »

Depuis lors, on a répété cette phrase avec toutes sortes de variantes.

Et pourtant rien n'est plus faux que cette assertion. La carrière littéraire est non-seulement compatible, elle est même sympathique à la mission de la vraie femme.

Il en est de même de cette seconde phrase : « la femme épouse et mère n'a pas besoin d'être instruite, » phrase qui n'est qu'une variante de ces quatre vers de Molière,

« Nos pères sur ce point étaient gens fort sensés,
« Qui disaient qu'une femme en sait toujours assez,
« Quand la capacité de son esprit se hausse
« A connaître un pourpoint d'avec un haut-de-chausse. »

Ces lieux communs ont fait leur temps ; aujourd'hui, qui oserait soutenir qu'une instruction solide et sérieuse puisse faire le moindre tort à une mère de famille?

Sauf de rares exceptions, qu'arrive-t-il dans tous les ménages ? La meilleure, la plus tendre des mères, est forcée de se séparer de son enfant dès l'âge de six ou sept ans pour l'envoyer au collége ; souvent l'enfant est d'une constitution débile, délicate, les soins d'une mère lui seraient indispensables... pourtant ne voulant pas, en vue de son avenir, le mettre en retard pour ses classes, et étant incapable de lui rien enseigner, la mère est obligée de l'enfermer dans une de ces vilaines prisons qu'on nomme un collége, parce qu'il y trouve la science; mais y trouve-t-il aussi cette tendresse éclairée, cette sollicitude que l'amour maternel peut seul inspirer ; non, c'est impossible, et voilà l'homme qui dès son enfance est exilé de sa famille et apprend à se passer d'elle. Si, comme en Amérique, les femmes recevaient la même instruction que les hommes, celles qui sont *vraiment bonnes mères* se feraient institutrices de leurs fils, et pourraient ne les envoyer au collége que lorsqu'ils seraient d'âge à pouvoir se passer de leurs soins.

Les enfants qui ne seraient qu'externes trouveraient dans leur mère un répétiteur affecteux, empressé : pendant les congés, les longs mois de vacances, les études ne seraient pas négligées, la famille doublerait le collége, ce qui certes n'aurait aucun inconvénient.

Là où il y a plusieurs enfants et peu de fortune, ne serait-ce pas aussi un moyen d'épargner bien des dépenses.

La veuve même sans ressources aurait la possibilité de donner une certaine instruction à ses fils.

M. Barbey-d'Aurévilly voudra-t-il comprendre enfin quelle est la vraie mission de la mère selon moi.

Maintenant essayons d'avoir encore raison du préjugé qui veut que la femme auteur ne puisse pas écrire sans s'exposer à négliger son ménage et ses enfants.

On conviendra, n'est-ce pas, que tous les hommes ont le droit de cultiver les belles-lettres; pourtant ne prennent la plume que ceux qui se sentent ou croient se sentir des aptitudes, et ceux qui ont le temps de s'adonner à cette carrière.

Pourquoi en serait-il autrement pour la femme?

Il est très-vrai que sa mission est de mettre des citoyens au monde, mais enfin elle ne passe pas sa vie en travail d'enfantement, et il y en a beaucoup à qui Dieu refuse les joies de la maternité.

Il y a aussi les jeunes filles sans fortune qui pour cela même n'ont pas trouvé de maris.

Celles qui se dévouent à des parents vieux, infirmes, dont elles sont les seuls soutiens.

Puis les veuves, les femmes séparées, abandonnées par leurs maris, qui se trouvent sans fortune, et qui ont des enfants à élever.

A toutes celles-là, la carrière littéraire doit-elle être interdite quand elle peut leur offrir un moyen honorable d'existence ?

Dans les ménages pauvres, quand il n'y a qu'un ou deux enfants au logis, l'heure de les envoyer au collége arrivée, la femme se trouve seule, isolée.

Dans les classes riches, aisées, dans ce qu'on appelle le grand monde, l'isolement est-il moins fréquent?

Les affaires, les cercles, les cafés, sans parler d'autre chose, prennent les deux tiers de la vie d'un homme.

Que font les femmes en attendant?

La surveillance de leur maison ne peut pas les occuper tout le jour, les heures deviennent longues, le désœuvrement se fait sentir.

Les unes se font mondaines, les autres, faute de mieux, se jettent dans une dévotion exagérée ; auraient-elles même des enfants, qu'elles n'en auraient pas moins de longues heures de solitude ; le soir, l'enfant dort, le mari est au cercle, ou ailleurs, l'ennui, cet ennemi mortel de l'honneur conjugal, s'introduit dans la maison ... Si le spleen porte jusqu'à la folie du suicide, ne peut-il pas aussi entraîner quelques faibles femmes à l'oubli de leur devoir!

Les maris jaloux redoutent les bals, les plaisirs mondains

pour leurs épouses : les maladroits ! ne feraient-ils pas mieux de se méfier de l'ennui !

C'est l'ennui qui porte les femmes à lire vos romans, messieurs !

Et voici l'esprit de vos ouvrages et de vos œuvres théâtrales.

Prouver que le bonheur n'est possible que dans l'amour illégitime, excuser l'adultère, l'entourer de joies et de félicités, rendre le mari odieux ou ridicule et faire de l'amant un séducteur irrésistible.

Cette littérature peut avoir un grand mérite artistique, mais elle offre les plus grands dangers.

L'imagination d'une femme délaissée se crée bien vite un idéal... et il lui faut une bien grande énergie pour ne pas succomber. Croyez-vous que si, dans une situation semblable, une femme pouvait trouver une distraction dans l'étude, dans l'art, dans les sciences, voire même dans l'ambition, l'honneur des familles n'y gagnerait pas quelque chose? Que de douleurs seraient épargnées, que de déceptions évitées!!!

L'esprit ne tue pas le cœur, mais il le tempère et le domine.

La femme actuellement ne vit que par le cœur, qu'y a-t-il d'étonnant s'il l'entraîne parfois !

Je crois qu'il est bien moins dangereux pour une femme d'écrire un roman, fût-il même mal écrit, que de le faire en action.

Même sur les hommes, l'étude et l'occupation exercent une influence salutaire : les grands artistes, les écrivains éminents sont plus forts que les désœuvrés contre les emportements de la passion, et, dans tous les cas, moins exposés aux faiblesses du cœur.

Le mariage n'est souvent, pour la femme, qu'une cruelle déception. Le mari ne ressemble guère au fiancé. L'un était séduisant, sentimental, l'autre devient acariâtre et ennuyeux.

Que voulez-vous que fassent les désillusionnées de l'amour, si vous leur ôtez tout ce qui peut les consoler honnêtement?

Dans l'état actuel de la société, la femme ne peut avoir aucune ambition personnelle; son travail, ses études sont sans but, elle ne peut prétendre à rien. C'est donc un travail aride, stérile, que rien n'aiguillonne.

Les hommes ont l'Académie, l'Institut, les croix, les pensions, sans parler de la gloire qu'ils peuvent acquérir dans toutes les carrières qui leur sont ouvertes.

Notre grande artiste Rosa Bonheur a été décorée, il est vrai, mais il a fallu l'influence d'une femme pour faire pardonner cette exception.

Que de gens j'ai entendus, n'ayant rien fait pour mériter la croix, et la portant cependant à leur boutonnière, qui n'en revenaient pas de ce qu'on ait osé décorer une femme... Mais, leur disais-je, Rosa Bonheur n'est-elle pas une grande artiste ? Ses œuvres ne sont-elles pas supérieures à celles de M. tel ou tel qui est décoré aussi..... Oui certes, me répondaient-ils, mais Rosa Bonheur est une femme !

L'auteur du 19 janvier et du sénatus-consulte, ce qui constitue un bagage bien léger au point de vue académique, n'est-il pas nommé immortel ! et Mme Sand, notre illustre écrivain qui, certes, serait digne de l'Académie, n'y pénétrera jamais ! Pourquoi ? parce qu'elle est une femme. Est-ce le sexe ou le talent qu'on veut récompenser ? Je pose cette question à MM. de l'Académie, et je serais bien curieuse de connaître leur réponse.

Être femme, est, aux yeux des Français, un crime irrémissible. Qui s'en serait douté cependant !

J'espère que M. J. Simon voudra bien plaider les circonstances atténuantes.

Mesdames et messieurs, si je n'ai pas gagné ma cause, ce n'est pas, croyez-le bien, qu'elle ne soit pas excellente, c'est par la seule raison que la meilleure des causes peut être compromise si elle n'est pas plaidée par un bon avocat ; or, je n'ai guère cette prétention.

Je ne crois pas non plus la gagner auprès de M. Barbey-d'Aurévilly, car ses préventions contre les bas-bleus sont trop enracinées pour qu'il leur donne raison une seule fois.

En tout cas, j'ajouterai que, malgré ce que je dis de ses œuvres, elles ne me sont nullement antipathiques. L'auteur a toutes les qualités d'un esprit original, et j'aime assez la phrase méchante, quand je sens que le cœur est bon.

Paris, Impr. PAUL DUPONT, rue J.-J.-Rousseau, 41.—1629.4.70

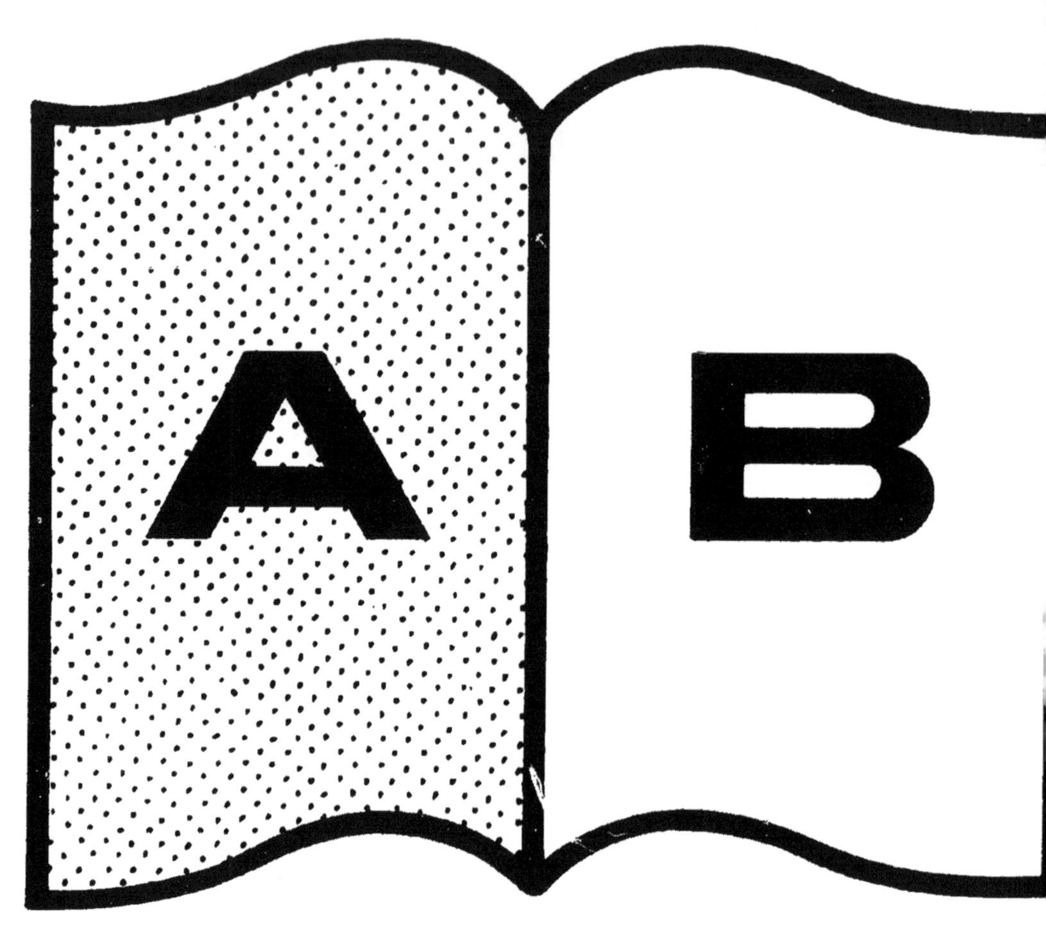
A
B

www.ingramcontent.com/pod-product-compliance
Ingram Content Group UK Ltd.
Pitfield, Milton Keynes, MK11 3LW, UK
UKHW021032200726
13857UKWH00004B/1703

9 782012 784901